GAIA CAMPO

QUANDO PIOVE SENZA NUVOLE

Youcanprint *Self-Publishing*

Titolo | Quando piove senza nuvole
Autore | Gaia Campo
ISBN | 978-88-27816-92-9

Youcanprint *Self-Publishing*
Via Roma, 73 - 73039 Tricase (LE) - Italy
www.youcanprint.it
info@youcanprint.it
Facebook: facebook.com/youcanprint.it
Twitter: twitter.com/youcanprintit

"Più pronti,

meno arrabbiati,

un po' più soli.

Abbi cura di te."

-Citazione anonima

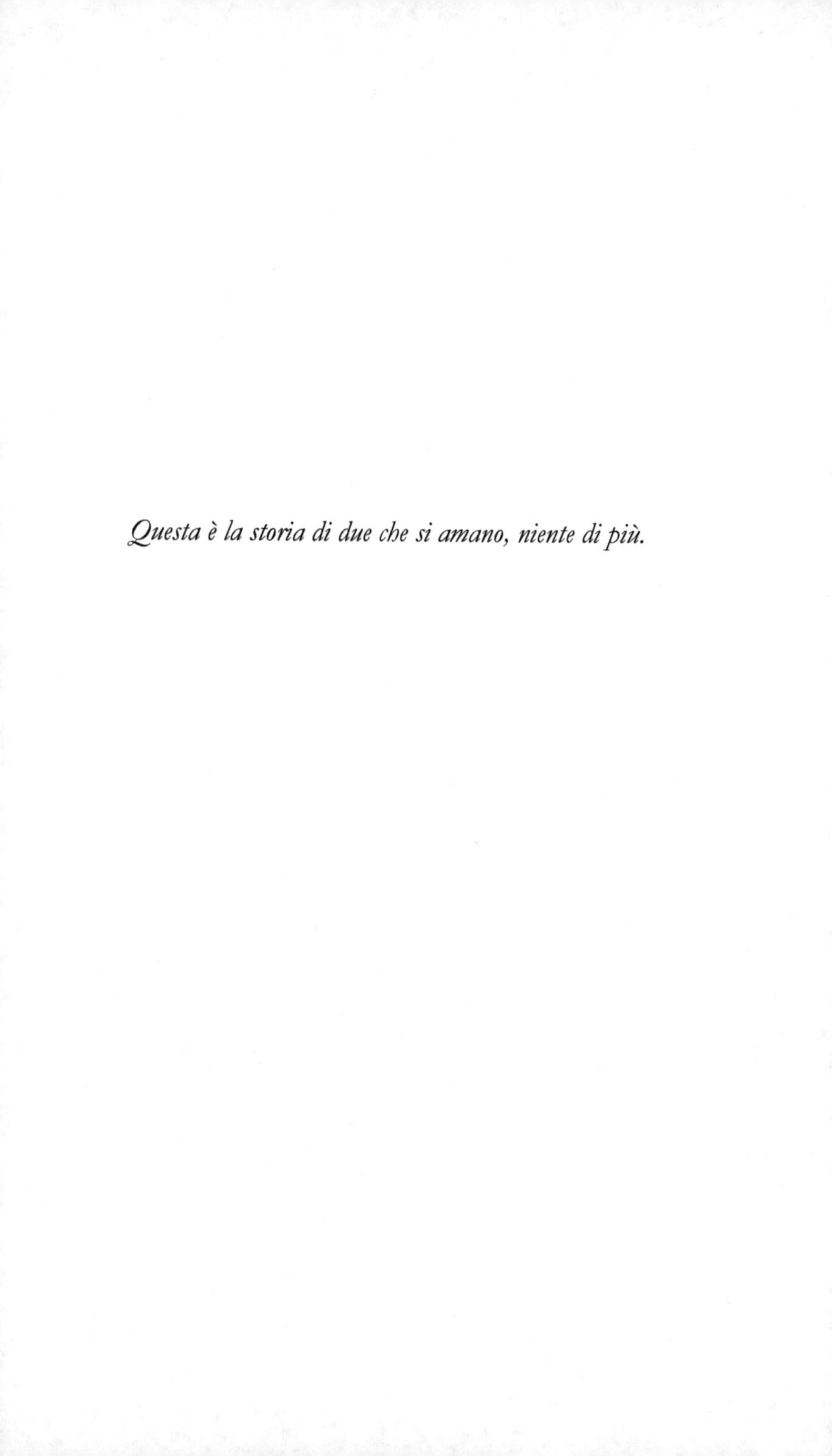

Questa è la storia di due che si amano, niente di più.

Ho sempre pensato che l'amore non fosse per tutti. L'amore è bello, coinvolgente, speciale. Ti attira verso sé e ti impone la sua benevolenza. L'amore ti convince che l'altro non è il migliore al mondo, ma è il migliore per te. Ti nobilita e ti fa felice, ma non è l'unica cosa al mondo ed essere felici, alle volte, può risultare difficile.

Non abbiamo bisogno d'amore, abbiamo bisogno d'amare.

Attraverso queste parole ho inciso i pensieri più liberi.

I

"Ho riletto la lettera, proprio ora. Ho pianto. Non perché le cose come si sono evolute non mi piacciano, ma perché ho ricordato. Ho riletto mille volte la riga dove dici che siamo destinati a grandi cose insieme, l'ho riletta poi ancora una volta e ho iniziato a scrivere, senza pensare a nulla, se non a quell'ipotetica grandezza che, insieme, dobbiamo raggiungere."

Le ruote del treno si muovono veloci sui binari, il sedile è comodo, di pelle beige e ad ogni nuovo paesaggio immagino e ricordo. Non so la meta ma dev'essere un bel posto, circondato dal mare calmo in ogni momento, con vaste strade pulite e frutteti in ogni dove. Ci sarà anche una vecchia scuola, di quelle con le finestre disegnate e imbrattate di colore. Da piccolo amavo andare a scuola, mi alzavo presto, m'incamminavo verso il grande edificio grigio passando per un bosco ricco di sempreverdi. La terra profumava sempre di pioggia e foglie secche e mi faceva venir voglia d'amare l'autunno e i suoi colori. Arrivavo e prendevo posto al mio solito banchetto in fondo all'aula perché lì, proprio tra quel pezzo di legno e la grande finestra rettangolare, le nuvole erano così distanti che mi permettevano di perdermi e tracciavo percorsi immaginari per nuovi luoghi che, in seguito, avrei scoperto. Il professore mi rimproverava sempre, un uomo sulla cinquantina, dagli occhi stanchi e dall'aria annoiata a causa della sua vita grigia e monotona. Ogni giorno stesso treno, stessa uniforme, stesso percorso, tutto uguale. Deve aver avuto una ventina d'anni parecchio frustranti, almeno, secondo la mia fantasia. La ragazza davanti a me è immersa in una lettura straniera, non so che lingua possa essere, ma sorride e sottolinea con foga parecchie frasi. Mi piace pensare che sia il suo libro preferito, una giovane donna che ama leggere e sognare, sulla ventina, grandi occhi azzurri, capelli neri raccolti in una coda ferma e risoluta. I suoi occhi si muovono veloci tra una parola e l'altra per poi posarsi su di me. *"Mi chiamo Miriam"* mi dice e mi stringe la mano. Mi presento e mi racconta di lei e di un viaggio alla ricerca di se stessa, ha deciso di partire senza alcuna compagnia perché "i compagni di viaggio si trovano strada facendo" dice. Da' l'immagine di una donna forte e indipendente che ama vivere nuove avventure, dedicandosi angoli di città da condividere, un giorno, con la persona amata. Ci sarà sicuramente un angolo della città che è il posto di qualcuno perché tutti abbiamo un *nostro posto* dove andare quando le cose non vanno per il verso giusto, tutti abbiamo *quel* posto dove porteremo per il primo appuntamento la persona a cui dichiareremo il nostro amore. Il mio posto è un muretto in mezzo a dei salici piangenti; un vialetto poco asfaltato nel verde, delimitato da faretti che illuminano debolmente la roccia dal tardo pomeriggio in poi, quando il sole è tramontato, il vento soffia appena e ognuno affretta il passo per tornare a casa; è allora che decido di tornare su quel muretto. Chiudo gli occhi e faccio uno, due, tre respiri profondi. Inspiro ed espiro. E di nuovo, uno, due, tre, per cinque volte consecutive.

Deve essere un bel posto in cui perdersi, *se stessi..* o in cui ritrovarsi.

Apro gli occhi e m'incammino lentamente per i vagoni. Non riesco a non guardare fuori dal finestrino che mi mostra il mondo in tutta la sua interezza; oggi c'è un sole caldo che coccola la terra; profuma di vita. Un contadino sta raccogliendo il frutto della sua fatica con orgoglio e mi ritrovo ad ammirarlo per la sua fierezza.

Ci fermiamo e i vagoni si svuotano ma io non scendo, non adesso. Decido di continuare il mio viaggio e subito un uomo distoglie un attimo la mia attenzione dai pensieri che occupano la mia mente notte e giorno. Sembra un cantastorie, tiene ben saldi dei fogli nella mano destra e un ukulele blu nella sinistra, segnata da un piccolo taglio sul palmo consumato. L'uomo porta un cappotto rovinato dal tempo, grigio come i suoi capelli arruffati; gli occhi vacui ed un sorriso sbieco sul volto lasciano pensare che sia un povero matto innamorato. È assurdo come ogni nostra decisione ruoti attorno all'amore, unico e immenso concetto universale. Lo guardo per un momento e alza la mano con l'ukulele in segno di saluto ed io ricambio, riconoscente di una piccola attenzione ricevuta da uno sconosciuto. Gli si addice pure, *Lo Sconosciuto*. Il treno va veloce e si affolla di pensieri, i vagoni si riempiono, gli sguardi si incrociano indifferenti, due bambini si rincorrono e la madre dice loro di fermarsi. *Lo Sconosciuto* siede al quindicesimo posto e guarda i fogli con meticolosa attenzione, poi scribacchia qualcosa e si rivolge ad una ragazza poco distante, intonando una poesia e strimpellando delle note col suo strambo strumento:" *Buongiorno. Oh, io sto bene e lei? Che magnifica giornata! Se le proponessi di prendere un gelato con me, accetterebbe? Oppure un giro sulla ruota panoramica al Luna Park, una passeggiata su quel lungomare che le piace tanto, dove il cielo, al tramonto, prende i colori della frutta fresca in piena estate. Che ne dice, verrebbe con me?*". La ragazza annuisce sorpresa ed io la chiamerò Linda perché questo è il nome che le appartiene. Linda sorride e arrossisce, non è abituata a ricevere delle attenzioni solo per lei. Linda ha diciannove anni ed una vita di incertezze davanti che non è ancora pronta a vivere, ma lo farà inconsapevolmente, ricordando questo momento, in un futuro neanche troppo lontano, con immensa dolcezza. *Lo Sconosciuto* intona delle note melodiose e vaga a passo lento vagone dopo vagone, continuando a recitare le sue poesie:" *Le andrebbe di prendermi per mano e camminare insieme? Possiamo anche correre, se le va o andare lenti come lumache, in fondo è un nostro gioco che nessuno conosce. Possiamo guardare l'alba e viverla, aspettare che il sole sorga minuto dopo minuto dalla sua tenebra e fare lo stesso al tramonto, quando tornerà dalla Madre Notte".* Una signora, incuriosita dalla spontaneità dei versi chiede la fonte di tanta ispirazione, ma in risposta riceve un ulteriore poesia:" *Possiamo fermarci in riva al mare e lasciare che l'acqua fredda s'infili tra le dita, se le va. Possiamo respirare l'aria salmastra e guardare il cielo pieno di stelle, tanto è notte e non ci sono nuvole stasera. E non ne vedremo neanche domani, né dopodomani. Per noi il cielo è sempre così, limpido. Possiamo spogliarci davanti alle luci della città in lontananza, non ci vedono mica, decidiamo se a passo d'elefante o a passo da formica, ma arriviamoci al mare, non è lontano, sono dieci passi, li ho contati per te. Per te conterei pure i granelli di questa sabbia e sono tanti, ma per noi sono sempre dieci. Dieci granelli, dieci stelle, dieci onde, dieci baci, dieci passi che mi separano dall'infinito che sono i tuoi occhi."* La signora anziana lo guarda riconoscente e sorride malinconicamente; non ha ricevuto la sua risposta, ma dall'emozione nei suoi occhi la sua anima sola si sarà concessa un regalo più grande. Il folle cantastorie continua la sua passeggiata per i vagoni recitando le sue migliori poesie che di certo avranno un destinatario, che sia Linda, la signora anziana, il bambino che batte le manine ad ogni espressione buffa, che sia io o la donna amata. Ci fermiamo nuovamente e *Lo Sconosciuto* termina la sua corsa col tempo, salutandoci come un capitano fa col suo equipaggio e tra gli applausi generali scappa lontano, verso nuove poesie, nuovi paesaggi, nuove persone. Noto solo adesso un foglio ai miei piedi; lo raccolgo, è stropicciato, ma ha un buon odore, come i libri nuovi, profuma di storie; lo apro e noto una scrittura stravagante, sono parole che solo un matto potrebbe incidere sulla carta:

"Possiamo respirare l'aria salmastra e guardare il cielo pieno di stelle, tanto è notte e non ci sono nuvole stasera. E non ne vedremo neanche domani, né dopodomani. Per noi il cielo è sempre così, limpido. Possiamo spogliarci davanti alle luci della città in lontananza, non ci vedono mica, decidiamo se a passo d'elefante o a passo da formica, ma arriviamoci al mare, non è lontano, sono dieci passi, li ho contati per te."

È una delle filastrocche del vagabondo.. *"in fondo è un nostro gioco che nessuno conosce"*. La mia mente riconduce vagamente a questa frase, sento un senso di familiarità che non mi appartiene e per quanto possa essere contraddittorio mi sento esattamente cosi. Sono versi che evocano in me una moltitudine di emozioni confuse, mi ricordano qualcosa. Lo piego e lo ripongo nella mia valigia, oggi il sole splende ed è una bella giornata. Oggi posso permettermi di essere felice.

II

Oggi non andrò al lavoro. Il suo maglione conserva ancora quel meraviglioso profumo; diamine, mi manca ed è sempre li, sul fondo di un armadio troppo piccolo, seminascosto nel suo azzurro pastello. Non ricordo molto di ieri sera e a giudicare dall'alito e dai lividi sulle gambe devo aver alzato parecchio il gomito. In cucina l'aroma di caffè risveglia un po' i miei sensi addormentati e mi regala un pizzico di energia, giusto per cominciare meglio la giornata. Immagini frammentate si fanno spazio nella mia mente, mentre fisso il vuoto appoggiata al marmo bianco e ruvido della cucina, inalando il dolce aroma del caffè. Contorni vaghi e sfumature sovrastano ogni altro pensiero. Faccio una doccia e mi metto davanti foglio e penna, non scrivo più da tempo e ho voglia di ricominciare a fare ciò che mi riesce meglio:

"Penso a nuove parole che possano macchiare il foglio perché sono un'artista, una scrittrice, sono il bianco e sono il nero, sono giorno e sono notte, sono chi pensi di conoscere e chi, invece, non hai mai conosciuto e mai conoscerai nella vita; sono il passante distratto e la madre protettiva, sono

la penna e sono il foglio. Sono la cosa migliore o la peggiore che possa mai capitarti; sono la follia e la sanità mentale, la quiete e la tempesta, l'ordine e il caos."

Ricordo le tue parole in riva al lago qualche anno fa: "è una gran bella descrizione, lascia intendere parecchio su di te". Ho cercato l'ispirazione tra i dipinti di Monet e Van Gogh, tra le sculture di Canova e le canzoni di De Andrè, lasciando che la penna mi facesse da guida, anche tra i mille impegni. Fuori piove e la mia mente è un turbine di pensieri confusi e dolorosi; stavo pensando alla buffa maniera che hai di presentarti. Non le solite frasi di rito, banali, tipiche di due sconosciuti sulla metro perché costretti a passare una mezz'ora insieme; tu mi hai guardato negli occhi, stanco per il concerto appena concluso ed io estasiata dal tocco abile delle tue dita su quel pianoforte consumato dal tempo. Eri bello come nessuno mai, le occhiaie e i capelli scompigliati come cornice ad un viso troppo vissuto. Chissà quali cicatrici nascondi, mi sono chiesta e tu, come se mi avessi sentito, mi hai esplorata a lungo con gli occhi e la mente, scoprendo i miei segreti più intimi, smontando ogni certezza costruita fino a quel momento, strappando i punti d'appoggio ai quali mi appigliavo con tanta disperazione. Così distante da me ma dentro i miei pensieri. Non ti ho mai chiesto il perché delle tue domande, ho solamente risposto. Non ho mai avuto il bisogno di chiedere, con te. Nessuna spiegazione, nessuna richiesta. Parlammo tutta notte e ancora, ogni dannatissima notte, mi chiedo cosa c'è in te di così piacevole.

Le strade di Torino pullulano di gente frettolosa di arrivare a casa in tempo da non beccare il temporale ma piove appena, una pioggia leggera e delicata che si posa sul mio viso, schiarendo i pensieri cupi come le nubi di questo triste martedì. Un ragazzo arpeggia con le corde di un'acustica e canta di un amore finito male attraverso gli altoparlanti gracchianti della città e mentre penso che dovrei dare retta a quelle strofe vedo arrivare un altro autobus, freddo, metallico e puntuale. Raggiungo Piazza Vittorio, prendendo posto al tavolino grigio di una città ancora più grigia e da circa venti minuti la mia mente non smette di lavorare, immaginare, produrre, senza sosta. Quasi risulta stressante ma riporto fedelmente ogni dettaglio su carta, in modo da non dimenticare nulla: "Sui sedili freddi di una Citroen stavamo in silenzio ad ascoltare vecchie canzoni alla radio, soli nell'immenso parcheggio vuoto del tuo liceo, ormai ex. Ricordi quando riconoscevano il tuo ruolo e ti sentivi qualcuno? Ricordi quando mi parlavi del tuo sogno di far musica e ti brillavano gli occhi? Io lo ricordo bene." Il pomeriggio è ancora lungo e mi ripeto che dovrei smetterla di chiedermi dove sei e cosa fai, se coltivi ancora il sogno di viaggiare, se porti le tue opere nel mondo o se già hai trovato un lavoro che, in fondo, neanche ti piace. Stringo i pugni e le unghie conficcate nel palmo mi riportano alla realtà. Ho calcolato più volte il rischio di farti spazio nella mia vita, ma non so più se sono disposta a correrlo; è un'idea che scivola come la pioggia che inzuppa le vetrate di questo Cafè. Anche una leggera pioggerella può diventare tempesta. Ho dimenticato il mio ombrello giallo a casa ma non importa, correrò sotto l'acqua scrosciante in silenzio, correrò per minuti, ore, fino a sentire il mio battito accelerato nelle orecchie, il cuore pulsante e ritmato che pompa velocemente, che poi è come mi sentivo quando stavo con te, praticamente sull'orlo perenne dell'infarto.

III

Il Van Gogh Cafè è un ottimo posto per pensare anche se Matilde dice che penso troppo e dovrei smetterla per un momento. Seduta di fronte a me, mangia la sua torta al cioccolato fondente mentre io bevo il primo caffè della giornata; è la donna che tutti dovrebbero avere al proprio fianco per tutta la vita, è la donna che hai amato platonicamente dal primo momento e puoi chiamarla alle quattro del mattino per lamentarti di quanto sia triste la tua vita mentre finisci una bottiglia di Girlan da solo o con la quale puoi piangere dalla felicità quando nascerà il tuo primo figlio e sarai spaventato per le nuove responsabilità che ti spettano. È la persona con cui decidi di pitturare le pareti di casa perché insieme è tutto più bello e allora rimanete li, stanchi e felici, appoggiati alla parete ormai asciutta a ridere sulle esperienze che vi hanno portato ad essere ciò che siete adesso. Matilde mi fa essere felice ed essere felice è un bel modo per non pensare. Finisco il mio caffè e la guardo. Mi piace il modo in cui affronta la vita. Silenziosamente la ringrazio e lei capisce, mi abbraccia e torna al suo studio perché ha molto lavoro da fare, dice.

È una di quelle persone per le quali ringrazi di essere vivo.

Decido di tornare a casa più tardi del solito, la conversazione con Matilde mi ha rigenerato. Le strade, le luci, i colori della mia terra mi ricordano perché amo lei e i suoi profumi. Sa di agrumi e felicità, di belle donne, passionali e profonde, di sapori nuovi e tramonti sul Mediterraneo. Ogni sera seguo lo stesso percorso attraverso i luoghi che mi piacciono, come fosse un rito, prima il negozio di strumenti musicali poi il camioncino di mandorle caramellate e ancora il giardino della signora Marina, sempre ben curato e pieno zeppo di tulipani colorati. È seduta sulla sedia a dondolo in terrazza e la saluto dicendole che è splendida; lei sorride come una bambina e "grazie mille bel giovanotto". La signora Marina ha settantadue anni, vedova, vive in compagnia del gatto Rufus, un randagio che ha capito dove trovare cibo e coccole per il resto della vecchiaia felina. Un profumo vanigliato mi distrae per un momento e penso a cosa potrebbe appartenere .. o a chi. La ragazza vicino al camioncino delle mandorle potrebbe avere quel profumo; ne compra un sacchetto, lo accartoccia riponendolo nella borsa e si siede su una panca rettangolare ad aspettare il bus. Mi guarda per un secondo e poi torna ai suoi pensieri. Torno a casa percorrendo un vialetto sovrastato da un arco di edera rampicante che dà sul giardino di casa mia. *Ed eccoci a casa.*

3.45

L'auto sfreccia velocemente sull'asfalto, piove a dirotto ma non c'è traffico. Ci muoviamo verso Nord, fa un freddo cane ma tu sei accanto a me. Ti sfioro la coscia e stringi la mia mano nella tua, i tuoi anelli sono freddi ma non mi dispiace. Ti guardo per un momento e sei così bella. La bambina dorme tranquilla nel seggiolone, ha le tue labbra, rosse delicate. La strada si muove veloce sotto di noi e mentre l'acqua scivola velocemente sul parabrezza, guardi fuori dal finestrino e chissà a cosa pensi. Ti accarezzo la guancia e ti sussurro che ti amo. Siamo quasi arrivati. Poi un urlo, perdo il controllo della macchina, non sento più i freni, una luce accecante e poi più il nulla.

Mi sveglio di soprassalto, il respiro affannato e macchie nere mi coprono la vista. Lentamente prendo conoscenza e ricordo di essere nella mia camera da letto e va tutto bene. Anche questa mattina pioviggina ma i raggi del sole sbucheranno fuori dalle nuvole e sarà un contrasto parecchio piacevole. Decido che non riuscirò più a perdermi tra le braccia di Morfeo così scendo in cantina e rovisto tra gli scatoloni, è un posto così pieno di ricordi e la mia mente è affollata di pensieri. Non vengo qui da un po'. Trovo uno scatolone malconcio, ha degli adesivi sopra, è vecchio e impolverato. Tutto qui ha un'aria estremamente familiare ma allo stesso tempo mi sento uno sconosciuto anche con me stesso. Salgo le scale e torno in cucina, poso lo scatolone sul tavolo e lo apro. Foto, lettere, poesie si affollano dentro al cartone consumato, provo delle emozioni contrastanti, non so come sentirmi; una donna sorride in quelle foto. Ripeto quel sogno da notti immemori, è un tarlo che mi corrode il cervello giorno dopo giorno e l'assenza di ricordi si fa sempre più pesante. Quello fu un periodo particolare della mia vita. L'unico compagno era il letto inamidato della mia camera d'ospedale, fredda e spoglia, funeraria quasi. Le pareti, di un azzurro sbiadito sembravano ascoltare i miei pensieri, nel silenzio sacro di quell'edificio. Non un fiato, una parola, una risata sommessa, solo il lento ticchettio delle lancette dell'orologio di fronte a me. Infermieri dai camici immacolati compivano giorno per giorno lo stesso rituale di controllo, scambiando qualche parola solo se necessario; entravano nella camera, monitoravano il battito cardiaco, si assicuravano che la flebo fosse ben inserita nella vena e tornavano al loro lavoro muto e distaccato. Non ho mai avuto il coraggio di intraprendere la carriera medica, non riuscirei mai a trattare i miei pazienti con distacco, non mi perdonerei mai la perdita di una vita, ne sarei straziato anche se sono abituato a convivere col dolore. È buffo parlarne come se avesse una connotazione positiva, è ridicolo pensare che il dolore possa mai aiutare, ma se ripenso per un solo momento agli spasmi acuti e fastidiosi che invadevano il mio corpo allora sapevo di essere vivo. Nonostante questo, fu uno dei periodi peggiori della mia vita, se non il peggiore. La notte del nove novembre i medici entrarono nella mia camera parlando di un incidente d'auto, di un trauma cranico e della perdita temporanea della memoria. Poi solo parole confuse, la stanza sempre più buia e poi il nulla. È stato difficile ricominciare ma adesso sono qui, seduto al tavolo malconcio della cucina circondato da fotografie e componimenti per pianoforte, a pensare. *"Scopriremo mondi insieme, in fondo è un nostro gioco che nessuno conosce"*. La vita non mi ha permesso di essere felice all'epoca. Trascorrevo giorni interi a guardare la pioggia scivolare sui vetri del mondo, facendo scivolare via ogni traccia di positività. Il mio corpo frammentato pulsava come un cuore costretto a non battere, sentivo le gambe trafitte da piccole schegge pungenti e la testa pesante. Adesso siedo al mio pianoforte e le dita cominciano a muoversi lentamente sui tasti, producendo una melodia conosciuta, morbida e continua, senza interruzioni. Per un istante ricordo quando ho capito che eri il centro di ogni mia verità. Il suono cresce gradualmente e sono vivo, ti penso e sono vivo. Le corde del pianoforte vibrano ad ogni tocco leggero come la tua voce tremava al mio sfiorarti e mi chiedi di rimanere questa notte e la prossima e tremi ancora e ti guardo come solo l'amore può guardare altro amore. Era una mattina molto simile a questa, sulla terrazza del mio appartamento spoglio riuscivo a vedere il mare, quel mare che tanto amavi perché sei un'artista e tutti gli artisti amano il mare e i suoi colori. Piovigginava ma il sole splendeva tenue ed era così strano; per questo motivo questa mattina mi ricorda te.

Oggi piove senza nuvole e voglio salvarti da me.

IV

Mi sento precipitare. Avverto la terra mancare sotto i piedi, aprendo una voragine grande quanto la breccia che, in poche sere, sei riuscito a creare per farti largo nella mia testa. Tutto questo perché ora non ci sei. Sarà banale, ma nel momento in cui hai smesso di rispondere è come se avessi preso le distanze, sigillando quel portale con macerie e detriti collezionati lungo il cammino. Di giorno mi chiedo perché insisto in una direzione senza uscite, ma ogni notte le cose paiono più nitide. Se ogni sera mi chiedo cosa aspetto a baciarti, ogni mattina, invece, prego di resistere all'irrefrenabile desiderio di farlo che si presenta, puntualmente, non appena incrociamo lo sguardo con intensità maggiore ad ogni parola rivolta, sorriso rubato, come un'istantanea o verso di una canzone dedicato senza il bisogno reale di farlo. Perché noi siamo così: le cose difficili non abbiamo bisogno di dircele, ci intendiamo, ma su quelle elementari siamo sempre titubanti. Ho capito? Non ho capito? Lo faccio o meno? Finché le incertezze ci divorano, i dubbi ci depredano dal sonno e i fantasmi vengono a bussare alla porta. Eppure sono ancora qui, pensandoti costantemente. È difficile non tenerti dentro quando ogni cosa mi parla di te. Mi mancano i nostri abbracci lunghi una vita, quando mi lasci giocare con le tue mani, dicendomi che sembro una bambina e mi sorridi. Mi sono persa in quel sorriso e non riesco più a farne a meno. Sorridi con gli occhi e col cuore e mi contagi. Perché se sei felice tu, lo sono anche io; come quando respiri tranquillo sul mio petto, sussurrandomi che vorresti stare così più spesso; poi mi tenti e io non cedo, so che ti manda fuori di testa e allora ci completiamo, come un testo con la musica, le parole e la melodia. Ti ho mai detto che la luna piena è una cosa che adoro? Sto ore a fissarla, perdendomi in spazi che solo la mia mente conosce. Ed è tutto buio, poi le stelle, un vortice, la confusione di una musica assordante, poi tu e poi io.

Sei la mia luna piena, tu.

V

Sono un uomo e da uomo cerco la vertigine, il rischio, la scintilla che provoca l'emozione; come se fosse un'altissima montagna russa che sale, sale, sale e poi precipita sempre più velocemente e in quei pochi secondi ti vibra l'anima e il cuore e poi la quiete. Non so esattamente cosa mi ha spinto alla ricerca della vertigine , se la paura della morte o il bisogno di ricordare, la verità è che non ti ho mai dimenticata davvero. Ricordo a piccoli frammenti, come un bambino che muove i suoi primi passi, ricordo poco per volta il profumo dei tuoi capelli e il respiro regolare mentre dormivi. Oggi il mondo ricomincia e lo fa attraverso una tazza fumante di caffè nero. Sto scendendo in metropolitana ed è li che ti ho vista per la prima volta: avevi un cappello rosso e dei guanti di lana, il naso infreddolito per il brutto tempo; avevi gli occhi vivaci, allora ho capito di amarti per la seconda volta, perché la prima ti avevo già immaginata nella mia mente, già sapevo di provare qualcosa per te. Vorrei tu fossi la mia Robin e io sarò il tuo Ted, ti vedrò in un bar col tuo maglione attillato e ti amerò dal primo istante, al primo sorriso, poi parleremo e subito ti spaventerò dicendoti che sei l'amore della mia vita, che ti amo e magari potrei amare anche tutti i tuoi cani e i tuoi difetti. Mi andrà bene lasciarti i tuoi spazi e guarderò ogni sera le tue mani esili che scrivono poesie; rideremo perché brucerò la cena e ordineremo una pizza e due birre per rimediare. Ti prometto di essere il Ted migliore del mondo perché è di una come te che ho bisogno nella mia vita. La metropolitana termina la sua corsa con il suo solito sferragliare e scendo per andare al lavoro, mentre tu prosegui la tua corsa col mondo, scomoda sul sedile impolverato. È un pomeriggio freddo di metà ottobre ma da qualche tempo le mie giornate sono differenti. Più felici, più vivaci, piene di te. La vita si prospetta meravigliosa. Da oggi saprò dire le parole giuste al momento giusto e il mio petto sarà a casa solo se contro il tuo e il mio collo avrà pace solo se sopra ci sarà l'impronta dei tuoi baci e le mie braccia stringeranno solo te. Perché io ti amo in questo modo che magari è pure sbagliato, esagerato, diverso, ma non riesco ad amarti se non in modo così scellerato. Ho la certezza che stare con te sia la scelta più azzardata al mondo. Esco da lavoro felice e passo davanti casa tua, ti vedo li, affacciata alla finestra, scendi, mi guardi, sorridi e mi chiedi come è andata la giornata. Ci consumiamo in un abbraccio lungo minuti interi e ti respiro per incastonarti nella mia testa. Fammi posto sul divano, ti dico, e ti accarezzo i tuoi capelli morbidi e ti bacio fino a spaccarti le labbra. Ripenso alla sera d'agosto quando fuori dal cinema abbiamo camminato per minuti e poi ti ho insegnato a guardare le stelle, distesi sull'asfalto. Ho guardato le stelle e poi ho guardato te e ti ho vista davvero, ti ho vista senza veli, in profondità. *"Un regalo per te"* mi hai detto, porgendomi un quadernino fatto a mano; aveva una copertina nera di cartoncino, dentro le frasi che mi parlano di te e me le hai lette, legando quelle promesse con un nastro rosso. Dormiamo e curiamoci le ferite sul cuore con i graffi sulla schiena. Mi stringo a te e allora il battito si fa più regolare, il respiro meno affannoso e ti sei abbandonata a Morfeo. Non ci siamo mai voluti per noia; sono queste le piccole cose che costruiscono grandi amori. Ti vedo in piedi, davanti alla finestra, coperta solo dalla tua pelle e mi chiedo se merito il piccolo miracolo che sei. Ho riportato fedelmente ogni più intimo pensiero per non dimenticarti mai. Lo rileggo ad alta voce ma non è più lo stesso. La stanza riprende il suo colore grigiastro e torna ad essere la scatola fredda in cui mi ritrovo ogni notte e davanti alla finestra solo il ricordo di te.

La realtà è più dolorosa del solito.

VI

Credo sempre di aver preso il controllo della mia vita e invece no, basta poco a scoppiare la mia fragile bolla di sapone. Credo di aver superato quel passato che tanto mi ha distrutta e invece lo ritrovo sempre qui e mi chiedo ogni notte come faccio a vivere senza risolvere le questioni in sospeso. So che non passerà mai. Sono anni che non passa, anni che mi convinco di aver risolto ogni mio conflitto e invece no, si ripresenta davanti a me, puntuale come un orologio svizzero. Non è finita perché lo volevamo e anche quando hai deciso di andar via non ci siamo riusciti, ci siamo illusi di averlo fatto, almeno. Io non sono andata avanti e tu hai pensato che l'unico modo fosse partire e farti odiare ma non è servito a niente. Odiamo per avere l'illusione di soffrire meno. Tu ci provi e io pure ma non ci riusciamo. Sei una parte del mio cuore relegata in un angolo che spesso riaffiora e solo Dio sa quanto male mi fai. Mi sono detta che avrei riflettuto prima di aprire il cuore e l'ho fatto, ti ho amato oltre ogni limite e mi hai detto di essere forte, ma non lo sono, né tantomeno con una buona memoria. Sentimentalista, forse.

Non esistono paure se sei con me.

Mi sveglio di soprassalto con i battiti accelerati e respiro velocemente. Uno, due, tre, quattro, cinque. Sposto velocemente le coperte e cerco un contatto col pavimento ghiacciato per tornare alla realtà. Ho un gatto, Matìs, grigio e nero, ha fame di coccole e così lo accarezzo e lui ricambia a suo modo; cammino assonnata verso la cucina e mi preparo una tazza di caffè bollente; avvolta in un grande maglione, guardo fuori dalla finestra e vedo uomo sulla cinquantina, lo sguardo diretto verso la mia finestra, mi accenna un saluto triste, e riprende sui suoi passi spediti, le mani in tasca e un'andatura un po' sbieca. In mano tiene degli oggetti che non riesco a riconoscere. Un' idea malata mi distoglie dalla visione di quell'uomo e torno in me; "E se partissi?", come volevamo fare insieme; "ci basterà uno zaino e il nostro amore, la tua musica e la mia arte", dicevamo. Eravamo ingenui e credevamo in utopie, volevamo fare la rivoluzione, io e te, nascere negli anni Settanta e portare la nostra storia per il mondo. E adesso?

Chissà dove sei.

Chissà cosa fai

E se mi pensi

Se a noi ci pensi mai

Chissà dove sei.

Il lunedì meno produttivo dei miei venticinque anni, passato tra tazze di caffè e parole lasciate a metà. Dormirò e finirà nuovamente tutta questa confusione, quest'agonia e i punti interrogativi svaniranno fino a quando una sera come tante basterà una poesia scarabocchiata sul muro di qualche città a farmi crollare ancora.

Sei la mia più grande questione in sospeso.

Le tre del mattino sono un ottimo orario per perdersi, in qualsiasi cosa. Io ho deciso di perdermi nel flusso sconnesso dei miei pensieri, quindi andrò nel posto che solo noi conosciamo però non provare a svegliarmi o me ne sarò già andata. Tutte le lacrime che piangerò avranno un sapore diverso, anche se sono cresciuta e i sogni saranno già spariti. È una momentanea mancanza della ragione; ragione che ritrovo come un paio di scarpe nuove, scendendo per Piazza Borgo. Solo perché sto perdendo non vuol dire che sia perduta; solo perché ho una madre dal cuore assente non posso dire di essere figlia di nessuno. I bagagli sono pronti e il treno fischia il suo arrivo, una donna ha il viso solcato dal tempo, una mamma dalle mani vissute che attende, forse il treno, forse il figlio lontano. Mi eclisso dietro la realtà e quando canterà per farlo addormentare, staranno tutti a parlare della morte di uno scapolo; direte che non sembrava più lo stesso; stava solamente viaggiando per altri lidi, come un cane sciolto nella città che abbaia verso il nulla. E sei lì, poco più grande di me incroci il mio sguardo attraverso il finestrino sporco. Sei di una bellezza stanca e confusa ma hai una destinazione. Salgo anch'io e le porte si chiudono. Un altro sguardo, senza vetri sporchi ad interferire, è limpido, questa volta, cristallino. Prendo posto poco distante e segretamente sorrido. La vita è come una montagna russa troppo veloce e io non credo di voler scendere. Se un giorno mi ritroverete a sorseggiare vino e a prendere il tempo lentamente è solo perché starò bene. Ero facile da soddisfare ma non mi hai permesso di ottenere ciò che volevo e adesso, in questa simmetria perfetta, c'è un danno celebrale.

Vorrei tu fossi qui ma tutto sta cambiando. E' solo un'altra alba.

VII

Ultimamente guardo in volto i passanti e mi accorgo che non tento di capire cosa provano, bensì sono alla ricerca di qualcosa. La cerco, Ti cerco. Ti cerco nei momenti quotidiani, negli sguardi assonnati che aspettano un caffè al bar, ti cerco nelle facce stanche di chi è stato troppo in coda alla posta, ti cerco nei volti tranquilli di chi non ha più nulla da perdere, cerco la tua malinconia sui visi altrui senza riuscire mai a trovarla. Ed eccomi qui, in perenne attesa di compagni di viaggio. Il tuo odore diventa sempre più forte la notte, quando sono solo e non so come tu abbia fatto ma sei riuscita a dare un profumo ad un' idea e allora profumi di miele e cannella. Esco di casa e mi dirigo a passo spedito verso Plaza Dalì, una piccola piazzetta circolare attorniata da panchine dalle forme più disparate occupate da persone bizzarre; qui nessuno fa caso a te, è un bel posto dove vivere senza problemi e preoccupazioni. Prendo posto accanto ad una giovane donna dalla bellezza semplice; la guardo per diversi minuti e allora cominciamo a parlare. Mi racconta di lei, della sua vita travagliata e segnata dalla sofferenza, dei suoi disegni a carboncino dove vive la vita di ogni soggetto e mi dice che sarei un bel soggetto, io. La ringrazio e le sorrido, lei ricambia ed è lì, in quell'istante, che mi accorgo che tutto, nella mia vita ha una nota stonata e sofferta; e allora scende, s'inarca e sale e poi curva e scende di nuovo. Ti osservo meglio, la linea sinuosa delle tue gambe, racchiuse nei jeans stretti, non ha prezzo; meglio dei tuoi occhi azzurri, meglio dei tuoi capelli ondulati. Non ci conosciamo nemmeno; hai l'accento da forestiera, chissà da dove vieni. Non m'importa, non pretendo di conoscerti davvero, non ne ho bisogno. Non perché abbia già capito chi sei, ma perché non m'interessa. M'interesserebbe scoprire il tuo corpo; solo questo. Sentire quanto può essere ruvida la tua pelle quando hai freddo, percorrendola con le mie dita; dita leggere, niente pressione, solo sensazioni. Ti bramo, ti desidero e scusa se tutto appare così superficiale ma la verità è che non ci sono sentimenti in gioco. È un gioco di sintonie, un'armonia di desideri carnali ed effimeri. È un alfabeto di sguardi languidi e scostanti. Sensazioni di un sabato pomeriggio.

Mi parli di te, ma è solo libido e va bene così.

Facile farti entrare in testa. Un giorno, sulla terrazza del mio appartamento, abbiamo capito di essere troppo giovani e amanti della vita, entrambi con un bicchiere rosso pieno di birra scadente e uno sguardo vago e distante. Cosa ti mancava? Cosa guardavano i tuoi occhi stanchi? Mi fa così male quando non ci sei tu e tu non ci sei da un po'.

Ho camminato senza sosta nella mia testa, sovrappensiero e adesso non so dove sono. Sono perso tra le fronde dei tuoi pensieri, tra le scale asimmetriche di condomini anonimi, tra le assi scheggiate di un pavimento ormai rovinato nell'appartamento di una pittrice, tra barattoli di colore stantio, muffa, tele e pennelli sporchi, tra vestiti sparsi e corpi sudati e ansimanti. I tuoi capelli neri e scompigliati mi ricordano tanto quei giorni. Seduto sul letto ti guardo e noto il caos nel tuo volto, macchie di colore sul corpo dipingono un'anima tormentata; hai una fossetta sulla fronte, spunta quando sei preoccupata; hai labbra rosse e carnose e delle lentiggini sul naso e sulle spalle. Occhi verdi grigi che vedono il mondo in maniera artistica, mai banale. Vago per la stanza, cercando di capire come essere arte, come essere libero di esprimermi, trovando

significati che mi calzino bene, per capire come
fai tu ad essere arte in modo così semplice, senza
neanche impegnarti. Sto in silenzio, osservo i più
piccoli dettagli. È una casa povera ma ricca di
storie passate; il tappeto rovinato presenta varie
tonalità di colore che si confondono con i colori
ad olio, sistemati alla rinfusa su sgabelli, scaffali,
tavoli, tutti con etichette rovinate ai bordi.
Guardando meglio noto molti fiori, sistemati
meticolosamente, al contrario del resto. In un
vaso approssimato con secchi vecchi e terriccio
sono piantati vari tipi di Speronella, un fiore che
rappresenta la frivolezza, la leggerezza, insieme a
dei boccioli di Trachelio, segno di una bellezza
noncurante, come la tua, che dormivi a pochi
passi da me avvolta in un lenzuolo blu notte.

VIII

È una costante delle mie giornate. Visito un museo ed eccolo, anche lui guarda un quadro di Monet, incantato dai colori tenui, dai dettagli vaghi, dalle sfumature e dai significati. La magia di un artista è merito del posto in cui dipinge. E tu ti ricordi Parigi? C'ho scritto dei versi una volta. Immobile davanti alla maestosità del mondo, io piccola e fragile accanto ai gargoilles cupi e severi e tu così spensierato e felice mi hai letto le tue parole, improvvisate sul momento, scribacchiate sopra un foglio, come un poeta di strada, un sognatore; mi hai guardata negli occhi e prendendomi le mani hai detto:

"Scrivi di Parigi, delle sue case dai molteplici piani ospitanti folli pittori; parla del silenzio della notte tra le strade illuminate dai lampioni, parla delle luci della Torre che si staglia contro il cielo fino a toccarlo, quasi, e parla di te che silenziosamente muti mentre osservi attenta la città che dorme."

Quante emozioni davanti a quelle parole. Una cascata di lettere fatte per emozionare, pronunciate dalle labbra più belle del mondo. Ti ho guardato dritto negli occhi, dicendoti una sola semplice frase.

Non voglio che nessuno mi ami meglio o peggio di come lo fai tu.

E così è stato. Non c'è mai stato nessuno ad amarmi meglio o peggio di come l'hai fatto tu; non c'è mai stato o non l'ho mai voluto. Ricordo ancora il nostro giorno speciale. Due capsule, una scatola di cartone ed un portaobbiettivo dal forte odore di rum, colme dei nostri oggetti raccattati alla meno peggio consegnati poco prima di andare via da noi. Perché è quello che abbiamo fatto, siamo scappati da noi e dal castello di incertezze che c'eravamo costruiti con tanta dedizione. Neanche il voler fare la rivoluzione c'ha salvato, due codardi non possono farla se non vogliono neanche fingere d'uscire dalla comfort zone, diventa tutto troppo complicato e noi abbiamo scelto la via più semplice. Fuori piove come nel mio cuore e tu mi avevi scritto delle lettere traboccanti di bellissime parole: *"Ho scritto per migliaia di metri. La mia vita è stata così. Sempre. Scandita dai versi e dalle parole. Io buttavo giù il mio pensiero e la penna il suo inchiostro, alla fine tiravo su il foglio e qualcosa era nato: una poesia, un racconto, una lettera. Eppure, per quanto io sia bravo nel fare forse l'unica cosa che so fare, non riesco a scriverti. Non riesco minimamente a impostare questa lettera come una lettera d'amore, perché non lo so. Non riesco e basta e la cosa è estremamente frustrante perché ho scritto così tante volte dell'amore. Ho parlato e descritto decine di volte quella maledizione splendida che è quello strano sentimento. Ma non riesco, non in questo foglio, sono confuso, non ho le idee chiare. Ascolto di continuo la stessa canzone anche se so che non è così semplice continuo ad amarti. Non posso dire altro. Continuo ininterrottamente ad amarti. Ho amato stare con te e ho amato te e spero di aver lasciato una seppur minima traccia del mio essere. Grazie del tempo concessomi. "*

Mi hai detto di leggerla a mente serena e senza pensieri, forse non era il momento giusto. Dal mio appartamento vedo la Tour Eiffel ma tu non sei neanche qui. Non sei ai quartieri latini dove scherzavamo sui passanti urlandogli contro, non sei agli Champs-élysées dove abbiamo passeggiato tutta la notte sotto le luci di un città magica che ci stava facendo innamorare, tu ridevi alle mie pessime battute ed io guardavo i tuoi occhi brillare; non sei neanche sulle rive della Senna a leggere i tuoi libri di poesie preferiti, speravo di vederti lì con la camicia bianca appena aperta, un libro di poesie sul petto, gli occhi socchiusi a studiare i modi di fare di chi ti stava intorno. Dalla mia finestra di legno bianco vedo il mondo che avrei scelto insieme a te, mentre in qualche appartamento buio una figlia abbraccia la madre anziana in una stretta urlante di disperazione.

IX

Ho chiesto di te anche al mare ma non mi ha saputo dar risposta ed è difficile credere che quelle onde non ti ricordano più. Hai dipinto un mare furioso quando furiosa lo eri anche tu. Sono furioso anch'io con me stesso perché non so in quale pezzo di mondo sei nascosta ma ti troverò, ti scriverò una lettera per scusarmi ma alle mie parole non credi più e allora ti bacerò perché alle mie labbra puoi credere, come ai miei occhi perché ti diranno quanto ti amo. Perché ti amo sì, signora mia. Sono sempre più convinto che le persone come te le incontri una sola volta nella vita e se sei fortunato riesci a viverle, in caso contrario non puoi dire di aver vissuto fino in fondo. Mi è sempre piaciuto perdermi in te, nei tuoi occhi, nei tuoi sorrisi, soprattutto in quelli. Ho scelto di viverti ogni giorno senza conseguenze e tu hai promesso di restare al mio fianco, così ho potuto godermi la meravigliosa persona che ho conosciuto per caso. Le barche oscillano come i miei pensieri malinconici al leggero muoversi dell'acqua e la luce del faro ruota su se stessa come una ballerina insaziabile delle sue piroette. Il pontile è un buon posto per pensare. Un uomo siede a pochi passi da me nella notte, fissa il mare e tiene tra le mani ruvide una foto rovinata. La bacia e piange lacrime salate che si confondono con l'acqua sotto di noi. La guarda e alza gli occhi azzurri verso il mantello scuro che ci sovrasta. Una fitta mappa di rughe incornicia il viso di quell'uomo e mi ricorda tanto i tuoi movimenti lenti e delicati dei giorni in cui dipingevi. I suoi occhi sono vitrei e vuoti e la stella più luminosa brilla per lui e il suo amore perduto. Piange col naso all'insù e stringe al cuore il ricordo di chi è scivolato tra le dita, consapevole che non tornerà.

Abbiamo passato tutta la serata promettendoci l'eterna felicità, aggiungendo un nodo alla volta al filo gommoso che poi avremmo mangiato. La metafora della vita, ogni nodo una promessa; noi abbiamo annodato per anni il filo della vita senza più riuscire a sciogliere ciò che avevamo creato. Ho visto una ragazza in fondo alla strada, espone con fierezza le sue creazioni al mondo. Sembra triste, gli occhi chiari, quasi vitrei, così grandi e stanchi di una vita che non si aspettavano. Un corpo così esile ma forte abbastanza da reggere una vita impetuosa. Passa le notti distesa su un prato qualsiasi a guardare le luci della città che illuminano le grandi strade e i taxi che sfrecciano veloci e penso a quella sera sulle scale della chiesa. E ti penso. Penso a quanto sia semplice saltare nel vuoto ma altrettanto semplice volerti con me. Lento e straziante. Attraverso da giorni città anonime e conosco persone, ma nessuna di queste sei tu. Quella ragazza è più vicina all'idea della malinconia che la malinconia stessa e le sue opere parlano come le mie composizioni e le tue poesie. Sorrido a certi ricordi e la mancanza mi trafigge il petto.

Perché sono qui a cercarti?

Me lo chiedo ogni momento perché sei arte e l'arte spesso ferisce. Acida, crudele, diretta, temibile ma meravigliosa oltre ogni limite razionale. Come te. Mi fermo sul marciapiede sporco di polvere, e noto un bar che porta il nome di un pittore e penso che deve essere proprio un bel posto. Un portoncino di legno blu cielo e delle grandi vetrate che mostrano il mondo dentro un Cafè. Enormi tazze colorate portano il calore di una storia nuova. Ad un tavolo un ragazzo legge un libro di Bukowski, accanto una signora scrive su un taccuino consumato e a tratti accarezza il suo cane, comodamente addormentato accanto a lei, Più avanti un bambino guarda i muri dipinti e decide che da grande colorerà il mondo e lo farà davvero. Poi ci sei tu. E il cuore mi esplode nel petto. Fuori un cielo in fiamme mi ricorda che sono vivo e prendo un caffè macchiato. Il sole sta per tramontare e guardo meglio quella giovane pittrice; noto una fossetta sulla guancia destra, ricambia il mio sguardo e mi sorride. Sa di pianto e cicatrici, un' anima tormentata che ha una vita da raccontare. Capelli biondi sporchi di colore e un sorriso dolce quanto questo caffè, delle labbra morbide come nuvole. Penso che vorrei baciarla. Porto un caffè macchiato anche a lei che meravigliata mi prende per mano illustrandomi il suo paradiso illusorio e io la seguo, perdendomi in mondi e in modi che non avrei mai osato immaginare.

X

T'ho fatto da ombrello ma oggi piove senza nuvole e non ti servirò. Oggi lasci che la pioggia ti bagni il viso senza alcuna riserva perché non hai più paura di crollare sotto le gocce pesanti che ti scivolano addosso. Non penso che mai nessuno possa amarti come ho fatto io e so che ci rincontreremo ancora, ma spero non accada mai più solo per non perderti nuovamente. Prendiamo decisioni di continuo e nei momenti più disparati: sotto la doccia, durante la colazione, mentre passeggiamo; siamo strani noi esseri umani, quando dovremmo trovare uno spazio per rilassarci allora prendiamo le decisioni più importanti. Oppure alle due del mattino che equivale ad essere poco lucidi e molto stupidi. Quando ho deciso di perderti, con te ho perso anche il sonno e la pace. Circondati dalle coperte e dalla nostra pelle abbiamo ascoltato la nostra canzone preferita e ce la siamo dedicata silenziosamente. Muti e assonnati, scaldati dai nostri corpi passionali e aggrovigliati tra morbide lenzuola blu. Due amanti gelosi e innamorati. Mi fa ancora male. Il sole filtrava appena dalle finestre socchiuse, la stanza mutava nella penombra di un amore intenso e soffocante. Mi hai consumato corpo e anima, hai calpestato il mio cuore troppo innamorato di un'idea, per me, perfetta. *Amami ora come mai* mi hai detto, e ci siamo amati, consumati, dannati e distrutti. Le tue lettere le conservo ancora. Carta a righe, banale, macchiata da inchiostro blu che dà vita a parole tutt'altro che banali. Sei stato l'amore, quello vero, quello che non passa mai ma quando arriva resti inerme a fronteggiarlo, impotente. Un giorno litigammo e tu mi vedesti sola, su quella panchina di legno. *Perché così sola?* Mi hai chiesto; ti ho risposto che sono sola se non ho te, anche se circondata dal mondo intero. Sono sola se non con te. Mi regalasti uno dei sorrisi più belli della nostra storia e lo avresti fatto altre mille volte perché eri felice. Eri il mio vizio, lo sei ancora, magari. Ho sempre vissuto d'incertezze ma sei stato il mio unico appiglio in questo casino. C'eri tu ed era tutto okay. Un vetro in frantumi, la musica troppo forte nella testa, un incidente d'auto, un impatto violento, uno spettacolo di fuochi d'artificio; eri tutto questo nella mia mente e nel mio cuore e mi hai stravolta. Non so se ricordi la nostra prima mattina al parco; abbiamo parlato d'amore e sofferenza, stavamo immobili, riscaldati dal sole. Abbiamo condiviso gli auricolari e le malinconie. Mi hai parlato del tuo vecchio amore e che io l'avevo spazzato via e ora, invece, mi trascino verso il tuo pensiero, sanguinante. Una patetica copia felice di me stessa affronta la vita con positività e poi ci sono io. Io che muoio poco a poco. *Ti dedico ogni singola parola di questa canzone*, mi hai detto e l'ho preso alla lettera. Ancora l'ascolto pensando ad ogni singola parola come allora. Con lo stesso significato, con lo stesso amore. Solo un po' più maltrattato. Per noi il tetto del mondo erano le frasi delle canzoni e c'abbiamo vissuto in punta di piedi ma con i piedi di piombo. Sono le tre del mattino e la testa mi scoppia. Il nostro posto non l'ho dimenticato, è sempre relegato in fondo ad un pensiero troppo stretto. Gli alberi verdi, il sentiero di luci che delinea il vialetto durante la sera, il muretto dove abbiamo vissuto le nostre prime. Il primo bacio, il primo litigio, la prima foto, la prima dedica. Non ci sono più tornata, non so se lo farò mai ma se dovesse succedere ti penserò. Sono ancora immobile nel labirinto che è la mia vita e sto tentando di trovare la via giusta, non quella più semplice, solo quella giusta. Erano giorni felici, i nostri. Passavamo le giornate condividendo l'amore per la cucina, per la musica, per noi stessi. Amavamo l'amore. Una bellissima maledizione. Ti ho amato con tutta me stessa, tu e le tue imperfezioni. Il mio inizio e la mia fine. Punto d'inizio e non ritorno.

XI

Vivere la vita in un unico posto non ha mai fatto per me. Non ha mai fatto per noi. Relegarmi in un piccolo paese a vivere una vita mediocre non è esattamente la mia ambizione, perciò da qualche tempo a questa parte il treno è la mia seconda casa. Non ho quasi mai una meta, la si decide strada facendo. Andrò da qualche parte dove il sole non splende mai abbastanza. Guardo fuori dal finestrino e vedo solo visi che vorrei fossero familiari ma non lo sono. Il treno è vuoto, ma solo perché non ci sei tu a riempirlo di parole, perché tu parli sempre e lo sanno tutti. Non stai zitta un momento e vuoi sempre avere ragione. Sei cosi testarda ma sbrigati a prendere questo treno con me che la tua mancanza si sente e il viaggio sta per cominciare. Non so dove sei. Forse starai guardando quelle stelle che ti piacciono tanto dalla vetta di qualche monte, perché dici sempre che da lassù la vista è magnifica, che ti fa sentire viva e se sapessi quanto mi sento vivo io quando ti ho accanto allora capiresti davvero cos'è l'amore. Forse starai macchiando i fogli d'inchiostro con le tue parole perché ami scrivere poesie tanto quanto potresti amare me.

Il viaggio è cominciato ma senza di te, ti sarai persa in qualche angolo della città ad ascoltare le storie dei passanti perché ami parlare tanto ma sai anche ascoltare e allora ti siedi con la gente per strada e ascolti ciò che hanno da raccontare e ti perdi, ti perdi e non arrivi in tempo per prendere il treno con me. Oggi hai ascoltato la storia di una ragazza dai lunghissimi capelli rossi, era lì che annusava dei girasoli, al negozio accanto alla libreria all'aperto che ami tanto, e so che sono i tuoi fiori preferiti perché quando appassiscono raccogli i petali e li racchiudi tra le pagine dei tuoi libri, perché ami leggere tanto quanto potresti amare me. Il viaggio continua ma la meta non la so mica, mi fermerò quando ne avrò voglia e allora passeggerò per le strade di una città sconosciuta, popolata da sconosciuti dai volti ancora più sconosciuti ma che mi ricorderanno sempre te.

Sei la costante di una vita incerta.

XII

Non ho mai rispettato le convenzioni con te.

Io tela, tu pittore, ed ecco l'inizio di un dipinto immenso una vita. Chiedo perdono a Dio per essere una peccatrice che ti brama con ogni vena, ogni atomo, ogni molecola del suo corpo. Una peccatrice che sa amare, forse è la cosa che le riesce meglio. Parlo di me in terza persona ed è una cosa strana. Solo che delle volte raccontarmi come un'estranea mi permette di vedere le cose da un'angolazione differente. Non più ogni singolo dettaglio, non più le sfumature, i passaggi graduali da una linea curva a un'altra; ma il quadro nella sua interezza. Prenditi una pausa, respira profondamente, due passi indietro ad occhi chiusi. Soffermati per un minuto ad avvertire la pelle d'oca sulle braccia e i brividi lungo la schiena. Apri gli occhi ed eccolo, il disegno della vita è sempre stato lì. Dovevi solo osservarlo in maniera differente. Ma è una lama a doppio taglio, ti affascina e illude, potrebbe essere l'occasione più grande nella vita, ma anche la più pericolosa. E allora cosa fai? E io ho sempre rischiato, senza paura. Ti ho baciato e sapevi di miele che non capisco mai se è troppo dolce o appena amaro. Anche tu sei una lama a doppio taglio. *Veleno e antidoto.* Un amore struggente, ma altrettanto doloroso. Il motivo della sofferenza e l'unico modo per uscirne. E ti amo e ti odio per questo. Ma già lo sai. Mi hai spogliata con la tua voce e io mi sono lasciata afferrare, riversando in te ogni mio desiderio, speranza e frustrazione. *Facendo di te il mio posto sicuro.* Un uomo con un ukulele blu è seduto a gambe incrociate al bordo della fontana, il suo cappotto logoro lo avvolge completamente e il cappello che portava sulla testa, giace a terra in attesa di qualche monetina gettata da un passante di fortuna. È una vita strana, la sua; trascorre le sue giornate girovagando per le strade affollate di una nuova città, prende la metropolitana e va, sognando ad occhi aperti la nuova meta che potrebbe diventare casa sua. Se gli piace, allora rimane, altrimenti riprende la sua passeggiata meccanica e intanto riempie la giornata con filastrocche inventate sul momento. Strimpella lo strumento e un colpo di vento fa volare i fogli che si spargono sulla piazzetta. Corro per recuperarli prima che vengano trascinati via dal vento prepotente e li restituisco al proprietario. Inutile dire che mi ringrazia in versi. Pover'uomo innamorato. Colpito dalla maledizione più bella al mondo. La disgrazia che segna una vita. Lui sa amare e anche io so amare. So amarti. So farlo proprio bene e penso che dovrei urlarlo al mondo, con le braccia ben tese verso il cielo e il naso all'insù e chi se ne importa del resto se ho te. Attraverso la villa e non ci sono nuvole, il sole sta finalmente tramontando e ritaglio un momento di tranquillità. Il cielo assume delle sfumature rosate e violacee, per poi sfociare nel blu sempre più scuro, le stelle cominciano a farsi spazio e i giardini si illuminano poco a poco. Prendo il cellulare perché uno spettacolo così va immortalato, ma proprio mentre lo cerco mi accorgo di toccare un foglio che prima non c'era. Mi guardo intorno per cercare di capire chi possa aver compiuto un gesto del genere ma prima leggo nero su bianco quelle righe.

"Le andrebbe di prendermi per mano e camminare insieme? Possiamo anche correre, se le va o andare lenti come lumache, in fondo è un nostro gioco che nessuno conosce.

Ho comprato un orsacchiotto di peluche, ha un'espressione dolce come i tuoi occhi verdi che sono l'infinito. Te l'ho già detto che ci sono solo dieci passi che mi ci separano?"

Povero, vecchio pazzo, so per certo che sei tu. Chissà cos'hai da dirmi con le tue matte filastrocche. Lo prenderò come un consiglio. Prenderò per mano la vita e mi muoverò a passo da gigante se serve, delle volte a passo da formica e arriverò dove vorrai portarmi. Seguirò le note del tuo strumento e troverò la mia pentola d'oro.

Domani, però.

Il ticchettio dell'orologio scandiva i minuti che non passavano mai. Lo ricordo bene, da piccola stavo ore seduta al tavolo della cucina, fissando l'orologio che faceva *tic tac* e più lo guardavo, più il tempo non passava mai. Poi si facevano le cinque e allora la porta di casa si apriva, uno, due, tre giri di chiave ed ecco il mio papà. Il mio supereroe. Papà mi faceva sempre ballare, appoggiata sul suo petto, stringeva la mia manina minuscola nella sua e mi cullava a tempo di musica. Crescendo le cose non sono cambiate, siamo più grandi, certo, ma balliamo ancora quando ne abbiamo voglia e allora sono al sicuro perché capisco sempre dov'è casa quando torno dopo mesi; il suo abbraccio è sempre confortevole. Mi ha insegnato l'amore più vero, per la musica, per l'arte, per la famiglia. Perché la verità è che l'amore non è convenzione, non si delimita. L'amore è per tutti. Uomini e donne hanno scritto versi, racconti, libri, enciclopedie intere sull'amore in ogni sua forma e sfumatura e quindi perché continuare a farlo? Non ci sono abbastanza romanticherie nel mondo? Non abbiamo avuto la dose quotidiana di stucchevole dolcezza?

Probabilmente no.

Probabilmente non se ne avrà mai abbastanza e si continueranno a scrivere altri versi, altri racconti, altri libri ed altre enciclopedie. L'amore è un mutaforma e chi ama deve sapersi adattare.

Sdraiata sul letto della mia camera mi pongo quesiti a cui non si può dar risposta e l'orologio continua a ticchettare. *Tic, tac, tic, tac.* Di fronte a me un armadio gigantesco riempie la stanza. Mi sento come cristallizzata. Sento i battiti irregolari che rimbalzano nel petto, tentando di colpire sempre più forte la gabbia toracica. Esiste un momento nella vita di ognuno dove pensiamo di aver perduto qualcosa e poi invece la ritroviamo nel posto più ovvio del mondo. Esattamente dove non abbiamo mai cercato, eccola lì, ci sei tu e ci sono io, mi baci sulla guancia e mi stringi mentre io sorrido e la scatto. Un momento

perfetto per uno scatto perfetto che porta ancora
il tuo nome.

XIII

Sei stata creata per essere la mia follia più grande. E una follia vale la pena di essere vissuta, altrimenti che ci sta a fare? Sono fermamente convinto che ogni persona che incontriamo nel nostro percorso, arriva per un motivo. Anche se non ho ancora ben capito il motivo della tua presenza nella mia vita; sei stato un fulmine a ciel sereno e le tue labbra con le mie hanno fatto la rivoluzione. Che due opposti si attraggono non è mai stata una novità, ma noi non eravamo opposti, eravamo simili. Due casini irrefrenabili. Non più l'ordine e il caos, ma il caos al quadrato. E se ad un casino ne aggiungi un altro allora viene fuori un disastro di dimensioni epiche. Vivevamo sull'*onda delle due di notte*, come mi piaceva chiamarla. Quando le inibizioni si facevano da parte per lasciare il posto ad una vulnerabilità pericolosa, fatta di confessioni sbagliate, promesse mancate e baci rubati. Quando non si sapeva più il mio inizio e la tua fine e attraverso la luce giallastra della tua camera da letto ci lasciavamo trascinare dalle nostre debolezze piangendo nudi e stretti l'uno all'altra. Quanto ti ho amato solo Dio lo sa e questa notte ti abbandonerai a te stessa, imparando ad amarti anche da sola. Ti ho vista oggi, sai, in Piazzetta, e mi sono innamorato di te. Di nuovo, ancora. Ti ho guardato a lungo poi ho corso più veloce che ho potuto, battendo rumorosamente le mie scarpe consumate sull'asfalto polveroso ed eccoci qua, ad un centimetro dal cuore e dalle labbra. E ti ho baciata, con rabbia, con foga, con disperazione, perché tu sparisci sempre e non torni mai e ti rifugi nelle città fantasma che sono sempre troppo distanti da me. Non ci sei mai quando ho bisogno di te, quando la notte è troppo fredda e le coperte non bastano a riscaldare questo corpo marcio e ti odio per questo. Ti odio, ma sai anche che non è così. Mi hai guardato a lungo anche tu e poi eccoti di nuovo sfacciata e ribelle, volti le spalle al mondo e a me, che il tuo mondo lo sono stato per un po'. Riprendo il passo velocemente ma solo perché devo. La filastrocca dello *Sconosciuto* ha un suo perché e oggi ho fatto un minuscolo passo da formica. Il mondo scorre ed io sono immobile al centro. Come in quei film dove tutto va velocissimo e tu, invece, osservi in slow motion, come se appartenessi ad un'altra dimensione. La realtà è ben diversa, però. Non ci appartiene.

XIV

Stringo tra le mani le parole dello *Sconosciuto*, all'apparenza sembra una poesia, ma chi lascerebbe una propria composizione in una borsa senza voler dire qualcosa? Sono degli indizi, un percorso, magari. Rovisto velocemente nell'armadio e indosso i jeans e una maglietta nera, metto gli anfibi, il giubbotto e ed esco di casa, prendendo le chiavi e il cellulare. Ci sono dei giorni in cui il mondo appare sotto una luce diversa, quasi come se cambiasse aspetto ora dopo ora, minuto dopo minuto. Gli alberi non sono più tanto verdi, il vento è più freddo e soffia velocemente, le strade si spopolano. In lontananza ti vedo, sei fermo al semaforo di Via Carlisi e attendi. Alle tue spalle la strada si estende per chilometri e la bambina che vive nel condominio sopra il supermercato guarda fuori dalla finestra, appoggiando il mento sulle mani, sogna ad occhi aperti. Al semaforo scatta il verde e attraversi rapidamente, il tramonto ti rende più bello o forse sono solo io che esagero sempre. Noto che anche tu tieni un foglietto stropicciato tra le mani, hai la barba incolta e so che nascondi lì le tue insicurezze. Amavo strofinare la mia guancia contro la tua, seppur ruvida, era piacevole. Quando dormivi con le labbra socchiuse e un braccio sotto la testa, ti guardavo in silenzio; la linea morbida delle tue labbra, la curva tra il collo e la spalla, la minuscola cicatrice dietro l'orecchio. Mi perdevo in un silenzio infinito e la mia fervida immaginazione mi permetteva di tenerti un po' più vicino a me. Scappi sull'altro marciapiede, raggiungendo l'Irving Bar: prenderai la solita birra, con i soliti amici e la solita irrazionalità che ti contraddistingue e mi penserai e ti peserà il fatto di non vivere davvero bene, di non essere felice come pretendi perché qualcosa te lo impedisce. Non mi sono resa conto di aver camminato per una buona mezz'ora, la zona industriale di questa città sa essere tremenda e affascinante in egual modo. Le ciminiere rilasciano il loro fumo nero in netto contrasto col viola e arancione del cielo che si appresta a dormire.

Lo Sconosciuto dice, prima di tutto, di prendersi per mano e camminare insieme. *Ubi tu Gaius, ibi ego Gaia.* Torno indietro e corro verso l'Irving Bar, vengo a prenderti per mano.

Solo che non ci sei già più.

Torno a casa stanca. So che non sto buttando il mio tempo.

Guardami. Guardami davvero e dimmi cosa vedi. Sto galleggiando allontanandomi dalla riva, immergo la testa fino a coprire ogni suono e renderlo ovattato, sfocato, indistinto come le immagini che affiorano quando chiudo gli occhi. Tu a riva leggi *l'insostenibile leggerezza dell'essere*. Strizzo forte le palpebre e le goccioline d'acqua scivolano sulla mia guancia. L'acqua calda mi avvolge e il vapore annebbia gli specchi e con loro i miei pensieri. Le Yankee Candles emanano una luce fioca che illumina debolmente i mattoncini del mio bagno. Trattengo il respiro e vado a fondo; i capelli si muovono come tentacoli di una medusa, accarezzano l'acqua. Brividi affiorano sul mio corpo, vuoi per il freddo, vuoi per l'idea di te. Il ritratto di una vita marginale che contempla la sua esistenza tra le pareti di una vasca da bagno.

Ed è già notte.

XV

Attendo che scatti il semaforo, da rosso a verde, sto seguendo le istruzioni dello Sconosciuto ma non capisco dove voglia portarmi. L'aria salmastra, il cielo pieno di stelle, è palese che voglia ricondurmi al mare. Ma qui ne siamo circondati; il cielo arrossisce davanti ai miei occhi, la luna sarà magnifica questa notte. Il traffico scorre lentamente, un autobus parcheggia alla sua fermata e scendono persone di ogni età. Alcune si dirigono frettolose verso casa e una bambina dalla finestra di un condominio sopra il supermercato chiama il suo papà e la sua mamma, con un gigantesco sorriso e qualche dente in meno. Non riesco a non sorridere ricordando un episodio della mia infanzia. Avevo cinque anni e mia madre mi portò al supermercato con lei, piccolo e fiero di me, mi sentivo un ometto e vagavo per gli scaffali, osservando i prodotti e facendo finta di valutare i prezzi, con un dito sul mento, come i veri adulti; fu allora che mi accorsi di non trovare più mia madre. Mi misi a correre, ad urlare e a piangere, pensavo mi avesse abbandonato, che fosse andata via, dimenticandosi di me. Poi vidi

68

una borsa, la *sua* borsa.. almeno secondo me. Mi avvinghiai morbosamente alla gamba di quella che pensavo fosse mia madre per poi sentire la mia vera mamma chiamarmi e ridere per la mia magra figura. Da quella volta non la persi più di vista, soprattutto al supermercato. Mia madre è il mio faro nella notte, la mia guida. Confidente e maestra di pensiero, mi ha sempre guidato attraverso le scelte più giuste. Scatta il verde e mi sposto sul marciapiede di sinistra col foglietto tra le mani tentando di scoprire dove Lo Sconosciuto vuole portarmi. Ma non trovo una conclusione. Non trovo una soluzione al rebus della vita e allora forse è meglio che mi faccia una birra, ci penserò tornando a casa. L'Irving Bar è un posto particolare: ampie stanze fiocamente illuminate, musica jazz in sottofondo, pareti bordeaux adornate da tendaggi mogano. Le note del sassofono aprono mondi estranei, ad un passo dalla libido, a due dalla perdizione. Raccogliamo passioni labili tra divanetti logori e bagni sudici. Ordino una Rossa e il bicchiere riflette la luce soffusa della sala, prismi di colore e scintillii attraversano il vetro proiettando la versione migliorata di me stesso, un uomo pronto ma più solo, non esattamente felice. La birra nel mio bicchiere oscilla rispondendo ai lenti movimenti circolari del mio polso e lo sguardo vacilla tra le mensole d'ebano e le tue labbra. Ti avverto attraverso il vetro e ti percepisco, pelle contro pelle. Sento il tuo sguardo su di me, sei dentro le ossa e poi ci siamo solo io, tu e la mia Rossa. Ma voglio evitare d'innamorarmi di te. Anche se quando comincio a parlarti tredici, quattordici ore al giorno, quando il mio umore comincia a dipendere dal tuo, allora credo di essere già ad un punto critico. Sto mentendo a me stesso perché a te non riesco a mentire. Ripetimi che non ci si può innamorare così, che servono molto più di poche ore al giorno per sentirti mia; dimmi che serve di più per innamorarsi, più di vederti alla fermata del bus, nelle scale della metro o affacciata alla finestra mentre guardi il cielo che cambia colore. Siamo liberi in un rapporto prigioniero. Per qualche momento, durante la giornata, mi sono concesso di pensare ad un qualche futuro remoto in cui noi avremmo mai potuto aver senso. Pensieri sbagliati, irrealizzabili. E dovremmo parlare, parlare tanto, davvero, ma se ti avessi qui parlare sarebbe l'ultima cosa che riuscirei a fare.

XVI

Sono rimasta per anni ad aspettare quel treno ma non è mai passato, o forse, mi sono addormentata poco dopo il mio arrivo in stazione. Sono sola in questo posto dimenticato da Dio, sento la vita attorno a me evaporare ad ogni respiro. Delle volte mi sembra di sentire delle voci, sarà solo la follia che mi corrode il cervello, si sta insinuando in me. Costretta a vagabondare tra binari deserti e mura monocromatiche. Mi fermo e ascolto, attendo; delle volte, raramente, avverto qualcosa ma credo sia solo lo scricchiolio del legno vecchio o forse solo queste mura più vive di me che avranno qualcosa da dirmi, da confessarmi. Avranno storie da raccontare, di baci, tradimenti, passioni consumate a metà. Dal cielo vedo piovere piume, come se qualcuno fosse riuscito a volare via da questa stazione ma io non le ho, le ali; sento appena il dolore di vecchi tagli ricucirsi sulla schiena. Si può trarre del bene da un'esperienza dolorosa, basta saperla affrontare. Ricordo ogni tramonto a cui ho assistito, così come ogni alba che ho aspettato. E tutte avevano te come compagno, come metà. Abbiamo tutti paura di abbandonare la sicurezza, la finta illusione di soddisfazione. Non ci proviamo neanche. Aspetto ancora un treno guasto che non credo arriverà. Aspetto ancora la mia illusoria sicurezza che mi permette di aggrapparmi ad una speranza. Piazza Borgo è più grigia del solito, come il mio umore e fa un freddo cane, anche se non mi importa. La pelle d'oca affiora sulle mie braccia e lungo la schiena e odio il modo in cui mi sento adesso. Sto soffocando lentamente, come immersa in alto mare, di notte, da sola e nessuno in mio aiuto. Sto galleggiando ma non avrò aria ancora per molto e tu, Sconosciuto, non immagino il luogo dove tu voglia portarmi, ma non ho le forze per arrivarci. Sono stanca, stanca e sfinita; mi sento pesante e la testa non sta dritta, cede e si piega per la mancanza di forze. Ci saranno giorni migliori, più felici, meno soli, ma non oggi. Oggi mi lascio trascinare dal mare in tempesta delle mie emozioni, un cielo nero e nuvoloso, fulmini illuminano la notte e i tuoni coprono ogni altro suono e li rendo ovattati, immergendomi a fondo. E piango. Involontariamente.

Una volta mi dicesti:

"*È una promessa, brucia sulla mia pelle.*

Ricorda, nel bene o nel male: salvami, ti salverò.”

Ma ho fallito miseramente e non sono riuscita a salvarti, né da te, né da me stessa. Il cielo sarà pieno di stelle ma non ne vedo alcuna. È tutto così nero, così cupo, così triste e mi abbandono alla perdizione di un istante perché me lo merito, anche se sbaglio. Mi merito un po’ di pace, anche solo un momento. Poi venite pure a svegliarmi.

XVII

Eri tra le mie più grandi paure. Paura di cedere e fare cazzate. Tu avevi un milione di casini e poi ci mancavo solo io. Per questo sono sempre stato cauto e ragionevole; mi fosse mancato un briciolo di ragionevolezza avrei combinato disastri. Non spaventarti con le mie paure, possiamo raccontarcele e trovare il modo di rimuoverle, insieme, mentre ci tranquillizziamo con le nostre lingue al gusto di medicina amara e chiodi di garofano. Il sovrappasso al tramonto è un posto meraviglioso. Le scalinate intervallate da piccole porzioni di muschio emanano un profumo di pioggia e terra bagnata davvero piacevole. Il tramonto riflette il suo ultimo bagliore sulla plastica coperta di graffiti e i binari della stazione si estendono sotto i miei piedi. Uno dei tramonti più belli mai visti, l'unica cosa che ormai ci accomuna per le parole che non ti ho mai detto, lo stesso cielo fresco e colorato. Il vuoto mi terrorizza; stringo la presa sulla trave di ferro e respiro a lungo. Tremo ma sto guardando lo spettacolo che si sta manifestando. Chiedimi di correre con te e lo farò. Sei la mia meta. Corriamo nella stessa direzione. Sento i tuoi passi nelle orecchie, ti fai strada dentro di me e mi graffi l'anima così facilmente. Strappi un pezzettino e la tieni per te. E i demoni riaffiorano mentre ti vedo scendere le scale di quel sovrappasso così velocemente per non perdere il solito bus.

Sono le 20.23 e il mare ha cambiato colore.

XVIII

Tendo a costruire relazioni Borderline, costantemente ed inevitabilmente sul filo del rasoio, sull'orlo del precipizio, sul punto di cadere con un sorriso tagliente sul viso, con un piede fisso nel vuoto. Mi urli contro che dovrei smetterla, dici che non cambierò mai e mi trascini verso di te. Allora calmati. Calmami. Adesso torna indietro nel tempo e chiedimi se mi va un caffè, quella mattina che siamo tornati a casa insieme. Era l'alba e c'eravamo appena diplomati. Noi e un brillante futuro fatto di programmi televisivi scadenti e tavolini sporchi del ristorante messicano. Camminavamo dignitosamente ubriachi in Piazzetta e neanche sapevi il mio nome. Ma il tuo lo sapevo, eccome. Ti ho osservato a lungo quella mattina, i capelli scomposti e la cravatta spiegazzata non ti donavano poi granché. Abbiamo fatto il bagno nudi, infreddoliti abbiamo programmato i nostri viaggi attorno al mondo. Ma tu non sapevi il mio nome. Io, il tuo, lo sapevo bene. Il pontile è sempre stato uno dei miei luoghi preferiti e mentre parlo con il tuo fantasma, mi pongo la stessa stupida domanda. *Dove sei?*

XIX

Il 6 gennaio 2016, quando ho fatto i diciannove, ricordo che ero al MAT, posto in cui ho passato quasi tutti i pomeriggi, da un paio d'inverni a questa parte. Un immenso pit stop nei miei pensieri. Dodici mesi dopo, ti ritrovi nello stesso posto di sempre, accorgendoti che nulla è cambiato o quasi, sei allo stesso punto di prima, se non più indietro. Hai molte più domande e ancor meno risposte. Chiudi gli occhi e ti chiedi soltanto quanto tempo dovrà passare prima di capire finalmente qual è il tuo ruolo in questa vita e a far le somme dei giorni passati senza aver fatto progressi nella tua ricerca. Ti accorgi che i minuti passano inesorabili, le ore interminabili e quello che cerchi ancora tarda ad arrivare. Chiudi gli occhi e altre paranoie si fanno largo nella tua testa. Non fai in tempo a riaprirli che altre ventiquattr'ore sono già volate e tu sei ancora in quel parco a far le cose di sempre, in bilico fra il vuoto che ti circonda e quello che hai dentro. Apatia, insoddisfazione, voglia di scappare anche se proprio non sai dove, forse perché ovunque tu vada ciò che ti insegue continuerà a farlo come una palla al piede. Un enorme palla di piombo, soffocante, che ti porti dietro da sempre, al cui interno sono racchiusi i sogni e le aspirazioni di una vita intera e che, nella speranza di dimenticare, hai sotterrato. Dimenticare è impossibile, ricordare fa male. Chiudi di nuovo gli occhi, ancora una volta e vedi un ragazzino che corre felice, col vento fra i capelli e il fuoco negli occhi: ti scappa un sorriso. La voglia di vivere di quel ragazzino è contagiosa, ancora una volta riapri gli occhi e sei lì, seduto al MAT. Ormai troppo grande per sognare, ma ancora troppo piccolo per aver le risposte che insegui, chiedendoti quanto ancora dovrà passare prima di tornare a star bene. Prima di essere nuovamente felice. So che potresti odiarmi, ne sono certo, non ti biasimerei, potresti smettere di rivolgermi la parola e comunque ti capirei. Potresti trovare qualcun altro a cui raccontare i tuoi pensieri, con cui condividerti e affrontare i tuoi mostri ma saresti ancora, inequivocabilmente, la strada sbagliata che ripercorrerei. D'altronde non ti ho mai dato nulla, mai una certezza e ancora non mi capacito di come tu possa essere a perdere il tuo tempo con il diavolo che sono. Vorrei fermare le lancette, congelare il tempo e fare un tuffo nel passato, quando c'eravamo solo io e te a parlare per notti intere, di tutto e di niente, di me e di te che poi non ho mai capito la differenza, ma ci bastavamo. Vorrei farlo ancora un'ultima volta, guardarci in silenzio e perderci fra gli sguardi, parlare con gli occhi. Un'ultima volta, sdraiati sotto un cielo stellato, abbracciati come se ci fosse solo questa notte e noi, ad aspettare l'alba sperando non arrivi mai. Intrappolati nel mondo, prigionieri del tempo.

XX

Ho fatto di te il mio pensiero più irrazionale e questo mi manda fuori di testa. Immagini su immagini si susseguono nella mia mente e ci sei tu, ci sono io e poi il nulla. Non riesco a stare in questo mondo a cui mi sento estranea. Vorrei vagare in quel posto astratto e allo stesso tempo reale, senza mai sapere com'è svegliarsi da questo torpore che mi attanaglia. Non riesco a concepire una singola frase che abbia un senso. Se il crederti così simile a me, mi permette di crederci, allora non metterò mai un punto a questa storia. Anche se siamo quasi alla fine; il paradosso dei paradossi. Intrappolata tra l'inizio e la fine di una pagina vuota, bloccata in un intermezzo solitario che esplode tra le note di una canzone soul blues; le pareti si tingono blu notte, le luci si abbassano e la rabbia lascia il posto ad un orgasmo malinconico.

Mi scoppia la testa, un dolore lancinante che sovrasta il resto del mondo e si perde in spazi asettici. Solo il buio fa da contorno, avvolto dalle coperte quasi come potessero farmi da scudo,

proteggermi dalle ansie che questa sera mi
divorano.

XXI

L'orologio ticchetta lasciando poca immaginazione allo scorrere lento del tempo e questi minuti sembrano non passare mai, intanto fuori piove e le nuvole cariche di tristezza si addensano anche nella mia mente. Ed è strano. Strano lasciarti prendere il posto di qualcuno che vive depositato nel mio cuore da anni come a dire:" sei stato qui fin troppo, ora vai"; strano lasciarti pervadere da una malinconica sensazione di vuoto, sapendo da cosa deriva, sperando sia passeggera. Se ti senti fottuta la testa e le mani ti tremano e non sai perché. Ma tu il perché lo sapevi e allora leggi tra le righe perché sei dannatamente bravo a farlo e mi spoglio di ogni convinzione, ogni certezza e rimango albero in inverno. Vulnerabile. Mi incasini. Se solo potessi portarti con me ti salverei dai guai, ma se guardassi dentro "l'abisso anche l'abisso guarderebbe dentro te." Ti salverei da te, ma chi ti salverebbe dal casino che ho in testa perennemente? La risposta sta nel tuo sguardo, in quel modo che hai di guardarmi che mi mette alle strette, ma che al contempo mi libera da ogni male. Mi chiudi nella tua gabbia, ma mi proteggi da tutto il resto. E mi chiedi ogni notte se resto, ripetendomi quanto sia sbagliato ciò che stiamo facendo, persi nella notte ci copriamo con mezze verità sussurrate a bassa voce, guardando la stessa luce. Osservo le tue dita scorrere veloci su di me, toccando i punti giusti, i più sensibili. Ti insinui pian piano nella mia testa quanto le parole che dici. Facciamo l'amore fino a farci male, lasciandoci graffi, non sulla pelle, ma nel profondo della psiche. E so che per quanto sia egoistico e bastardo, nessuna è mai riuscita a farsi largo così tra i tuoi pensieri e potrò anche sbagliarmi, ma ne ho quasi la certezza. Altrimenti non saresti qui a chiedermi di fumare ancora un'altra sigaretta insieme. E' l'ennesima che accendiamo questa notte e come le precedenti somiglia più a un bacio al cianuro: intenso, ma letale. Anzi, letale, ma intenso. Nessuno è mai sceso così in profondità, ma il motivo è chiaro, la serratura non è impossibile da forzare, ma tu sei dentro. La tua chiave la stringo nel mio pugno, la osservo e mi chiedo quanto sia giusto che sia io a tenerla. Il quesito che si ripete ogni sera, quella voce nella testa che non mi dà tregua. Mentre scrivo, poi, ti vedo accanto a me e nonostante sappia quanto sia turbata, ti vedo serena. D'altronde non sono l'unico ossimoro vivente in questa stanza. In quel preciso istante la vocina fastidiosa si fa da parte per far posto ad un angosciante senso di pace. Una pace a cui potrei abituarmi. Come fanno due casini a lasciarsi andare? Come faccio ad uscire dalla gabbia che sono i tuoi occhi se non sono sicuro di non rimanerci intrappolato?

XXII

Lo Sconosciuto racconta di aria salmastra e cieli stellati. Guardo da lontano le luci della città e capisco. So cosa vuole dirmi. Una strana sensazione mi attanaglia lo stomaco, quasi come fosse sbagliato e masochista viverti giorno per giorno, senza mai arrivare ad una conclusione. So cosa nascondeva dietro le filastrocche strimpellate col suo ukulele blu. Mi guardo dentro e avverto la tristezza che mi strappa via le viscere, incurante della mia sofferenza. Il pezzo mancante del puzzle torna al suo posto, ma mi domando cosa io possa trovare li, ad aspettarmi. Ripenso all'uomo anziano piangere col naso all'insù, le lacrime scivolavano lentamente sul suo volto, le rughe ancora più accentuate da una smorfia di dolore. Piangeva e ricordava il suo amore perduto, seduto sul molo; davanti ai suoi occhi uno spettacolo di luci tremolanti. E ti penso malinconicamente, sapendo che non potrà mai nascere qualcosa, cullandomi nella speranza che accada. Sono Icaro che vola verso il sole con le ali di cera. Stupido e impulsivo. Così stupido da giocare col fuoco, bruciarmi e poi rifarlo. Perché ne vali la pena.

XXIII

Stare con lui è un pericolo, ma non voglio rinunciare al piccolo mondo che ci siamo creati. Quasi fosse un alone di tranquillità che mi ripara dalle paure più profonde. Ho la pelle d'oca mentre lo penso. Quasi come quando incroci il tuo sguardo col mio. Quasi come quando mi sfiori. Un brivido scende lungo la schiena e sfocia in libido. Creiamo sensazioni mai vissute ma che conosciamo da una vita. La televisione accesa trasmette programmi che guardiamo per noia e paura di spingerci troppo in là. Ti sfioro le dita e sorridi ancora, rivolto verso lo schermo. Le mie mani scivolano lungo la tua schiena e tremi; mi spogli con gli occhi, ma con i vestiti addosso e ti avvicini pericolosamente alle mie labbra. Allora sorrido e mi allontano perché sei la mia sfida. E noi amiamo le sfide. Così giochiamo, abbandonandoci alle debolezze che in pochi conoscono, anche se te lo permetto in modo diverso. Ci distruggiamo le malinconie e chiudiamo a chiave la porta, lasciando il resto del mondo fuori. Siamo solamente io e te, me ne rendo conto ogni volta che ti guardo e lo stai già facendo tu, tu che mi sorridi appena, segretamente. Mi mandi fuori di testa con un semplice movimento accennato delle labbra e ci promettiamo, nel silenzio di una camera vuota, che sarà il nostro segreto. Mignolo con mignolo. Pelle contro pelle. Contro il muro senza risposte, le voci rotte. Avremo dato fuoco alla stanza, siamo una mina che continua a girovagare intorno ad un fuoco, collegati ad una carica di tritolo sufficiente per far esplodere l'edificio. Non sopporto il fatto di essere vulnerabile ma riesci ad abbattere tutte le corazze e io te lo permetto. È questo che mi piace di te, sei un mix letale di pericoli e piaceri. Il connubio perfetto tra armonia e caos. Oggi ho scoperto quanto sia bello rilassarsi nel pericolo. Sei la paura prima del salto nel vuoto, la scarica d'adrenalina nel mentre, la voglia di rifarlo, alla fine. Le tre del mattino permettono alla mente di navigare in oceani profondi e oscuri. Cammino a passo lento verso la meta che mi aspetta, il mare sembra calmo, anche se in realtà si sta preparando alla tempesta; un interrogativo si fa spazio nella mia mente in modo insistente:" Cosa mi aspetta?", "Cosa nascondono le parole dello Sconosciuto?".

Intanto vado.

XXIV

Il vento mi permette di ragionare in modo quasi lucido. Quando arrivo al molo, è deserto. Così mi siedo e aspetto, non so bene cosa, o chi, ma ne varrà la pena. Intanto una trappola per orsi mi attanaglia lo stomaco e prende il sopravvento, così mi distendo e mi limito ad osservare le luci in lontananza, niente di più. Sembrano piccole lucciole che volano vicine, una guida per la mia sorte. Puntini luminosi e tremolanti, fiammiferi corrosi dalla violenza della fiamma. Poi dei passi si fanno largo nella mia mente incasinata e magari lo sto solamente immaginando. Rimango immobile, aspettando che il torpore passi, che il respiro torni regolare. Poi ti vedo. Il silenzio religioso, accompagnato dalle morbido scontrarsi del mare sulla riva, esplode in uno spettacolo di fuochi d'artificio, ed è in quel preciso istante che il tutto e il nulla si scontrano, mescolandosi in una perfetta utopia. Sei lì, immobile con un foglio stropicciato tra le mani, lo stringi in pugno e mi guardi solo come amore guarda altro amore. Mi rendo conto di quanto sia stato stupido ad immaginare il nostro passato ed il nostro presente, solo vedendoti in giorni casuali, nei tempi morti. Ma adesso sei qui, in carne ed ossa e so che Lo Sconosciuto ha fatto in modo di farci incontrare. Mettiamo realmente da parte le nostre paure e viviamoci il futuro che ci meritiamo. Mi sorridi e capisci. Corri verso di me e mi baci. Ti stringo e il cuore mi esplode nel petto. Ringrazio silenziosamente quel pazzo vagabondo, poi sento aleggiare nell'aria le note di una filastrocca e capisco. Accanto alle barche, in lontananza, Lo Sconosciuto intona una malinconica agonia e riconosco l'uomo sul pontile, seminascosto nel buio, le lacrime per un ricordo perduto, la foto stretta al petto. Il bisogno di creare amore dal sale sulle ferite. Ti prendo per mano. Una leggera pioggia ci bagna il volto, ma non ci sono nuvole stasera. Stanotte piove senza nuvole e possiamo essere felici.

Finalmente.

Un grazie infinito va alla mia famiglia, per avermi sempre supportata e per aver fatto sì che io potessi sempre realizzare i miei sogni, anche con milioni di ostacoli lungo la strada. Infinitamente grazie.

Grazie, Paolo, per avermi donato la voglia e la costanza di non rinunciare a ciò che amo. Grazie per le parole spese per me in questi anni.

Grazie Atti, per avermi permesso di trascrivere in queste pagine parte delle tue meraviglie. Grazie per la fiducia riposta in me.

Grazie Riccio, per te non ho particolari parole, non bastano a descrivere la meravigliosa persona che sei. Un enorme grazie per non avermi mai lasciata sola, per aver sempre, sempre, sempre, creduto in me. E grazie per avermi dato fiducia, lasciandomi trascrivere parte del tuoi pensieri attraverso le mie parole.

Grazie Ay, per avermi dato la forza di concludere e realizzare tutto questo. Solo grazie, per tutto. Già sai.

INDICE

Finito di stampare nel mese di Marzo 2018
per conto di Youcanprint *Self-Publishing*